foto: mariana cobra

isabelle borges

nasceu em Brasília em 1987 e vive no Rio de Janeiro desde 2015. É escritora, pesquisadora e sensibilizadora criativa. É autora na antologia *No fundo de doze histórias corre um Rio*, *Amores virados para cá*, *Bilica chorona* e coautora da peça de teatro e curta-metragem *Enquanto estamos juntos*. Se dedica aos estudos da criatividade, do corpo e da escrita, desenvolvendo oficinas de criação, a partir de experiências poéticas de aprendizagem.

ANTES DE MORRER UM POEMA

isabelle borges

editora Urutau
primeira edição
2023

O –

editora Urutau

rua do cajú, 478,
jardim das cerejeiras
06724-015
cotia-sp (brasil)

rua manuel pacheco nobre, 128 - 5° esquerdo
2830-080
barreiro (setúbal)
portugal

[+351] 928053619 [portugal]
[+55] 11 9 4859 2 426 [brasil]

www.editoraurutau.com.br
contato@editoraurutau.com.br

[EDITORES]
tiago fabris rendelli & wladimir vaz
[COORDENAÇÃO DE REVISÃO]
debora ribeiro rendelli
[REVISÃO]
marcella sarubi
[DIAGRAMAÇÃO]
victor h. azevedo
[CAPA]
victor h. azevedo, sobre pintura de albrecht dürer

dados internacionais de catalogação na publicação (CIP) de acordo com ISBD

borges, isabelle
B732a antes de morrer um poema / isabelle borges. - cotia : urutau, 2023. 160 p. ; 14cm x 19,5cm.

ISBN: 978-65-5900-483-6

1. literatura brasileira. 2. poesia. I. título.

2023-772 CDD 869.1
CDU 821.134.3(81)-1

elaborado por vagner rodolfo da silva - CRB-8/9410

sumário

BICHO DA TERRA NÃO AGUENTA MAR

modo de habitar a língua
como o pássaro habita o vento:

Prisca Agustoni

ONDAS DA BOCA

de manhã

quando se acorda
tudo no corpo
está fincado
em seu próprio lugar
há um peso maior nos músculos
que se encaixam perfeitamente
entre as dobras do joelho
a distância das costas
as juntas dos ombros

o quadril une o tronco às pernas
a nuca encaixada na cabeça
os dedos dos pés
ainda estáticos
a mão sem tocar o mundo

o próprio corpo é o que existe

o lençol
tem os rastros dos movimentos
noturnos
na boca um amargo de dentro
os dentes não tocam a língua

o ar entra
os pulmões puros
as unhas
cavam seu espaço na ponta
os tornozelos não carregam
pesos
não sustentam nuvens

suponho que durante
a noite
juntamos silenciosamente
pequenos fragmentos
de nós mesmos
e no calor quieto
o coração também se arruma
feito os brinquedos que as
crianças esparramam ao longo
do dia

casa:

minha casa virou um ateliê
um estúdio, um canto, um santuário
um corpo

*

o corpo
é poema

as costas

a liberdade se aprende pelo osso
se adentra no músculo
e só depois que vai se alinhando
entre as pintas

tenho em mim que a liberdade
se inicia nas costas
o fato é que nunca sei se
a palavra costas é plural ou singular
eu nunca sei se sou plural ou singular

os joelhos

ele pôs um beijo na ponta do meu joelho
naquela cicatriz que tenho perto do osso
ele perguntou se eu sabia como era joelho em francês
le genou — ele disse
eu não sabia
nada
sobre o momento exato
em que uma cicatriz se finda
tenho certo
diante da cratera que se
abre no agudo que

todo corpo é sempre uma queda
ao amor

os olhos

sem os olhos qualquer lado é adiante

os pulmões

sobrevive quem respira [um pouco], porque se afogar é uma espécie de tendência humana. somos feitos de lençóis freáticos que engolem as águas da chuva e depois banham as bocas com sede. dançar também é oração. orar é repetir aos céus o desejo da terra.

se vive
porque o corpo tem tremores

a pele

I.

amo minha pele
amo tua pele

a pele que se joga no mundo
que se arrisca

a pele nos faz perder a ideia de que somos uma coisa só

(a pele é uma ilusão)

a pele não tampa
a pele cobre

a pele é o que dá medo de morte e de vida

processo de desmame é pele

a gente acredita muito na pele

a pele é um abrigo temporário

II.

a pele nos dá contorno
delimita o que somos

a pele exige que se chegue perto

não existe tocar e não ser tocado

pele é fronteira
é aquilo que ao mesmo tempo
une dois territórios
e separa dois territórios

mesmo em contato com outras superfícies
a pele nunca sai de nós

(assim como a poesia)

é

na

pele

que

me

deito

os pés

como prece destoo
sinto as dores do mundo
os olhos levam as cores
enrugam para se transformar
macia tua veia corre

sem rasgo não se faz um peito

te digo que as ondas não machucam
os joelhos são feitos de cortes
e os pés se encontram em par

na areia

o pescoço

fazer um nó
no pelinho da perna
com cuspe
mexendo a mão
uma volta simples
sentir
o pé dormente
esticar
voltar a circular o sangue
caminhar
pelos metros da casa
no tamanho de um tapete
beber água mineral
no gogó
com o fluido salvando
o percurso opaco
do pescoço
até chegar ao estômago
instante esse em que irá se preparar para
dissipar nos ramos de um ser vivo
a descoberta do beijo
de um anjo
com sede

a língua

I

perpetua entre as bocas
um estado de pausa comunitária
um abismo
um hiato de línguas
qualquer coisa que entra
na caverna dos meus lábios é decidido por mim
eu defino a ordem do que apalpa minhas cavidades

quero entrar no perímetro urbano dos seus dentes
mas antes é preciso entender
de onde surgiram os desejos da língua

sob qualquer suspeita
deixo meu órgão de lamber o mundo em estado de gozo

II

traçar com a língua o mapa mundi
observar o movimento terrestre dos vulcões e das erupções
não lamber apenas traçar a geografia

curvar a língua
jogar para dentro da garganta cidades e rios
não escorrer nenhuma gota das bacias hidrográficas
engolir os relevos
respirar a erosão do umbigo
lamber as cavernas
e não temer o escuro

*

o corpo anseia o silêncio das línguas

a boca

amo a palavra boca
pelo modo como ocupa
a metade de duas carnes

minha boca tem palavras nuas

a palavra boca lambe

emergências:

a pele, as ondas, o chão, o outro

cenas de dezembro

o músculo
possui textura d'água
macio escorre o poema:

concha é um bicho pedra
mulher é um bicho corpo

MULHER BICHO CORPO

*

com certa discrição corta-se o céu:
uma Mulher

origem

não nos deixemos enganar pela superfície
é pro-fundo a tendência das coisas

sem mergulhar não podemos ver
sem escutar não podemos saber
de nós, dos outros, de nada

no ouvir debaixo d'água
há um silêncio operando no fundo
fato que remete a um sentir
e é pelo sentir que tudo se move
ao certo descobrimos isso ainda
dentro de uma barriga
ao escutar nosso primeiro som: o coração de nossa mãe

escutar, portanto,
é o início de tudo

geografia

É mesmo assim que a bagunça começa. Você tira uma coisa do lugar, daí vem outra, ela soma com aquela e movimentos imperceptíveis ganham vida própria. As coisas ocupam espaços sem você perceber que tudo sempre se movimenta. A rua é feita dessas bagunças que não se sabe onde começa. Sempre me parece que todas as pessoas estão fora do lugar. Eu claramente sou uma delas. Nem mesmo sei se meus órgãos estão no lugar certo. Tenho sentido uma dor que acho que é dos rins, mas já me disseram que os rins não ficam ali. Então que lugar é esse aqui? Tenho que me conformar que não tenho domínio nenhum sobre a geografia dos meus órgãos e muito menos das minhas dores.

vazio

comecei a tirar foto da minha cama pela manhã
pra saber que mesmo dormindo as coisas se movimentam
o lençol todo dia se embola no meio
quando me separei
demorei um ano
para ocupar toda a cama
ficava só no cantinho esquerdo
como se aquele fosse o território que comportasse meu corpo
ficava eu de um lado e o vazio do outro

esta noite sonhei que caía dentro d'água
dirigindo um carro de fórmula 1
fiquei tentando tirá-lo
ninguém me ajudava
diziam que era muito esforço para nada
nada
nada
tive que deixar o carro e ir andando

ontem mesmo um amigo me falou que o objetivo não é crescer
mas sim caminhar

janeiro

estou experimentando sutiãs
meu peito não cresce há anos
quando chupo frutas à noite
o vento mela o bico

é possível que meus seios caiam antes do ano acabar
por sorte terei tempo de apreciá-los

fenda

natureza é o que tenho no meio das pernas

morangos gelados

o que tenho a ver com o morango na geladeira
que está em um pote todo amassado
suando gelado
esperando entrar em uma boca antes
de estragar?

estou a manhã inteira circulando pela cama
fechando os olhos abrindo as pernas
lambendo os dedos
chupando os tais dos morangos
para tentar colocar minha voz no mundo

e se ninguém me ouvir?

antes de fazer qualquer coisa
fico circulando sobre minha cabeça
amassegando
amassegando
amassegando
tirando o líquido
espremendo cada milímetro
cada curva

cada volta
que comporta minha carne

estão azedos
os morangos
vermelhos
oculta azeda
a voz

o grito a qualquer instante
saberá o que dizer
e talvez
um dia
serei escutada mais que
os barulhos ressoantes dos
precipícios

membrana

queria tirar a membrana
que recobre o seio

minha mãe diz que maus pensamentos
atraem más coisas
toda vez que ela diz isso
fico tentando não pensar
tenho medo de gerar um mal no mundo

aperto os olhos bem apertados
some-some-some
como fazer para descansar de mim mesma?
talvez se minha cabeça fosse nos pés

manter a cabeça sempre no alto
pesa todo o resto
se pudesse colocar as roupas no varal
sem ter que olhá-las enquanto durmo
meu sono seria melhor
sabe
tem coisas que não precisam escurecer
as unhas podem se manter como são

se já soubesse tudo o que preciso
por que continuaria abrindo os olhos?
tem vezes que penso que as pessoas nunca chegam a lugar
nenhum
você já se perguntou o que veio fazer aqui?
minha mãe me dá bom dia todos os dias
penso sempre no que ela deve ter sonhado

a membrana às vezes protege
às vezes estoura

tantas vezes eu sou um quase

feito um trem desgovernado que se assusta com o próprio tamanho

solidão

sabe-se lá o que se passa na cabeça do Cristo
que me vê de cima
deitada na cama sem mover
um nada
um tempo
um pássaro
que pousa na janela
me faz sorrir por achar que Deus não me esqueceu

o Cristo
muda de cor
querendo dizer algo
o que diria o Cristo
cinza?

não sei o que o mantém de braços abertos
esperando
cabendo
no tamanho do braço
um
pouco
do
que

resta
do
resto
um pouco

sabe-se lá o que ele pensa
olhando todos os outros
que pedem
pedem
por favor
olha
os corpos
deixando cair
cacos
o moço
o Cristo
uma única coisa
que não sai do lugar
tudo
fora
tudo aqui
do jeito como nos deixaram
Cristo você continua
lá
olhando o caos de cima
desce aqui
vem ver
embaixo
da nuvem não se voa

só eles
os passarinhos
voam abaixo
baixo
a janela

jogo gotículas
pela manhã
esperando que a salvação
chegue no amanhecer
não estou querendo
não estou sabendo
caótica
misturada
Cristo
cadê?
você enxerga daí
esse meu ombro caído
o vizinho está precisando de ajuda
ele chora
você vê
daí de cima você vê?
desce
vem aqui
abra esses braços em mim
fecha
fica uns instantes
Cristo
seu olho está reto

baixa ele um pouco
as pessoas
sofrem sem saber
do passo
do pássaro
do passado
do — que — parece
que não
a
c
a
b
a
nunca gostei de maiúsculo
eu sou minúscula
pequena
quase uma indiferença
uma
presença
um alimento
do que você se alimenta
Cristo?

se você se importa
me manda algo para sorrir

a queda das árvores da minha rua

minhas palavras não salvam árvores de caírem ao pé do morro
todo canto de alguém tem pedras
quero abrir um abismo na cama
e afundar até dentro da Terra
pegar o calor do fogo
subir de volta à superfície e cobrir o mal do mundo

pessoas escondem as poeiras e jogam no chão o tempo

útero

minha mãe me telefonou para dizer que sente saudade
eu tenho saudade de caber no colo de minha mãe
os morcegos cruzam com os beija-flores
coloco um pano para cobrir a água doce
minhas costas têm doído
e ainda não espremi os ossos

sou suficiente quando entro no banho
apago a luz e morro um pouco

remanso

estou aqui para pedir
um cafuné
quero colocar um tapete para tampar o medo
como fazia minha avó na porta para tapar baratas
sinto um calafrio no mundo
não sei mais combinar palavra

tenho saudade do meu avô que fazia queijo
na casinha de madeira sobre as terras do Goiás
sinto falta das coisas que não aprendi
lá era fácil encontrar o remanso
no meio das bonecas que não falavam comigo
mas eu falava com elas
e elas me ensinavam a olhar o céu sem piscar

as bonecas, as tais, já sabiam tão jovens sobre o silêncio

*

como se seguram as rédeas?

fuga

tenho fugido
da palavra
como quem foge do bicho
do dente do bicho
do coice do bicho
da ausência do bicho

tenho rugido
calcado
camuflado a palavra
entre
os mapas da chuva que não choveu

me pediram para fazer um poema
escrever um livro
uma reza
um conto
não pude escrever nem sobre o escuro
onde tentei matar a fome

tenho a palavra mulher no meio das pernas
no fundo das costas
na virilha

outro dia
me peguei esfregando a palavra homem na língua
nos joelhos
nas dobras dos dedos

tenho fugido da palavra
como quem foge de si mesma

aglomerar-se:

ato de amontoar em si
cobrir o próprio corpo de contato
salvar-se pela pele
abraçar as curvas
crescer na sombra
virar um amontoado humano
virar várias
suar nas dobradiças
comer do próprio sumo
abrir um sol na ponta dos pés
e dormir em paz

autoamar

abro as pernas
quando quero entrar no espaço

comum

penso que alguém também deve estar olhando uma planta
cortando a unha
tirando uma casquinha de machucado
a vida é artigo imediato
tem hora em que preciso apalpar as coisas para
desconfiar que algo vive
o movimento de descobrir a vida pelas mãos
deveria ser permissão à infância
uma amiga outro dia me lembrou que quando éramos crianças
eu ficava jogando água da mangueira no olho para ver se
clareava
e agora, clareou?
ela disse que eu perguntava
falou que eu fazia repetidas vezes
e tornava a perguntar
e agora, clareou?
disse que olhava com atenção
para ver se mudava a transparência até enfim ela dizer
acho que não vai clarear não
de fato meus olhos nunca clarearam
também parei de jogar água sobre eles
jogo outras coisas
que não mudam a claridade

eles continuam caramelo
vendo o suficiente para não arrancar meus dedos
cortando batatas

novembro

eu insisto em usar a camisola ao contrário

*

todo dia me morre uma célula
me sinto melhor quando saem as células que
[não servem mais

espelhos não quebram nas tardes quentes

I.

pode ser
que tudo um dia acabe
tudo mude
tudo saia do rosto
como saem as fendas
os furos
as feras
pode ser que um dia
não reconheçamos nossa cara
que uma asa caia
sobre
a parte de cima de um prédio
e se construa
entre os tijolos
asas
caídas
pode ser que um dia
eu me esqueça
e bote na altura da janela
uma árvore
e a deixe

pegando sol
sozinha
sonhando
com o dia que voltará
para a terra

II.

eu me amo
e posso provar
tirei
o cheiro das coisas amargas
passei alecrim nos pulsos
poças
pólvoras
há tempo
eu me amo e posso provar
minha língua anda
tocando as partes quentes das coisas
as frias
os dentes esfarelam
os dentes quebram
uso xícaras coloridas
para chás
chás são
quentes
quentes
não queimam
eu me amo e posso provar

deixo que minha bochecha tenha ossos que marcam
sustentem os olhos
fundos
fundos
fundos
os dedos dos pés estão massageados
eu me amo e posso provar
decorei meus poemas
em um vestido branco
jogando água nas folhas
me taquei no mar
toda pelada
suada
suando
na dobra contrária do cotovelo
eu me amo e posso provar
minha boca
lambe palavras quentes
pescoço
palco
perna
palavra
peito
eu me amo e posso provar

sétimo dia

normalmente a contagem começa
no dia que acabou
cai um tipo específico de gota
dos olhos
nem sempre o resto do corpo continua a bater
encontrei as células mortas caídas na pia
algo de futuros e passados
se foi pela manhã
o sétimo dia de sua própria morte
é uma mistura
você fica soterrada na terra úmida
e ao mesmo tempo olha de cima
feito os anjos que batem asas sem se cansar

a noite faz um silêncio escuro

o sétimo dia tem um quê de alívio e promessa
é cansativo se manter de pé depois de saber
que uma parte sua foi embora
mas ainda é preciso limpar as unhas
varrer a casa
tampar um corte

dizem que depois que passa um mês
a saudade piora, mas já não dói mais

de que matéria são feitas as mulheres que sobrevivem?

humana

tentei tirar
com toda a força
o coágulo feito
em minha mãe
minha avó
minha tataravó
minha vizinha
minha amiga
minha prima
minha tia
minha língua
é do tamanho do meu pensamento
do corpo não tiram a pele
a pele não se quebra
rasga
e há outra camada
abaixo
funda
firme
vermelha

sou humana
porque um útero
me coube

se todas as mulheres morressem
tudo o que é feito de carne
sumiria
como some um grão
na lágrima de um rio
seco

o peito
é pedaço
para
parir
um ser
humano
sou humana
sou humana
sou humana
por que nos matam?
há várias maneiras
de tentar matar
uma mulher

puta
puta
puta
puta
atiram
e nem sempre a bala
volta para quem atirou

o silêncio também mata

só sangra quem tem medo
de morrer

ainda assim amamos

h u m a n a s
ofertamos leite
aos recém-nascidos
de uma terra em guerra

a vida começou quando:

minha mãe me ensinou a descer no escorregador
a botar o pé na piscina
a cortar as unhas
a lavar o banheiro
a fazer ovo
a tirar as folhas da calçada
a chupar picolé
a escovar os dentes
a usar absorvente
a costurar um botão
a comer de boca fechada
a correr
a subir em árvore
a segurar um garfo
a nadar num rio
a enxergar a lua
a falar

minha mãe me pariu várias vezes

matéria orgânica

somos feitas das mulheres
que lavaram suas lágrimas nos rios
somos feitas de pele, ossos e unhas
somos feitas das palavras que dizemos
do silêncio que ouvimos
somos feitas de outras mulheres

somos a matéria orgânica
que sangra e fertiliza o mundo

irmãs

caibo nas mãos como não caibo na janela
se vier me visitar
deitarei nos seus cabelos
correremos em volta da piscina
sem tentar molhar os pés

eu uso tênis
você sandálias
nossas bocas têm a mesma dimensão dos dentes

uma terra suja as rodas
não quero existir em uma poça de chuva
se vier me visitar
vamos rir
até a barriga doer
e minha testa mudar de cor
há uma veia igual que nos atravessa

suas mãos guardam anéis
minhas mãos a liberdade
minha pele é branda
a sua fogo
minha pele queima

brota
pintas
a sua protege do sol
e descama

a cadeira é maior que o corpo
nossos pés maiores que a água
você sorri
eu canto
do mesmo jeito a gente olha
queria voltar para banheira
enquanto você mergulha
eu cato bolhas
o fundo é sempre mais escuro à noite

nunca mais me sentei em seu colo
sabemos como mudar o trajeto do braço
agora entramos na piscina
você não gosta que deitem na sua cama
eu fico entre o ventilador e a gruta
guardamos tesouros
travesseiros
bonecas
presilha
prendemos o cabelo
a fita
e o nó
colocamos tudo no armário
com medo de nos roubarem as pérolas

nunca sepultamos bonecas
talvez por isso
o útero pareça sempre
tão longe para voltar

mesmo você não sujando os vestidos
e eu jogando terra nos olhos
mamãe nos ama igual
diferente
ao mesmo tempo

o pai também nos ama
e nos bota para correr
no campo
dança
jacaré não entra na piscina
mas dança
jacaré dança
sim
e a gente no banheiro
tão bem-feitas
dançamos de touca no cabelo

o irmão também nos ama
te amou primeiro
nasci por último
formamos um trio
somos horizonte
quebramos a escada

a luz
e o pó
temos o sangue
amarelo
azul
e rosa
ele tem olho fechado
e vê pedaços de brinco na calçada

você tem voz que molha
tiara vermelha
vontade de flutuar
eu subo em árvore
tenho nós atrás da nuca
e cutículas por fazer
gostamos de picolé
e de subir no pasto
a árvore é torta
a cachoeira está aberta

as irmãs se criam
para se enterrarem na areia
sem o mar cobrir o nariz

mãe-outra

escovava meu pé
com uma escova de lavar roupa
tirando o macuco
do terreiro onde a Princesa
cachorra do meu avô
com olhos de loba
e tetas ao chão
comia arroz e deixava suas patas e restos
de mastiga

minha tia
ralava a nuca com a escova
brincando de arrancar sujeira
de menino que botou o corpo no mundo
no interior do paralelepípedo
onde nasce uma criança

ela mesma parecia um paralelepípedo
com rachaduras secas
fundura crua
mas com a abertura de uma pétala
que se queima no asfalto

a gente a chamava de mãe-outra
quando minha mãe viajava
ela dava conta das crias que choravam
e queriam mamar

despedida

minha tia-avó disse
curvadinha
na porta de sua casa
não deixe que seus passos sejam em vão
me deu um beijo e se despediu
anotei num caderno para não esquecer

tenho tido a mania de olhar meus pés
sem esmalte
piso e vejo a ausência que se faz depois

sereia

achei um álbum com fotos da minha avó
bisavó
tinha foto da minha tataravó
em cima de uma toalha de mesa
com flores amarelas
onde minha tia colocava o feijão
a carne assada
o arroz

na ponta da mesa
eu colocava as fotos
e perguntava quem era quem
tentando decifrar as
mulheres em preto e branco
que carregavam meninos no colo
ou agarrados nos joelhos
tinha foto da minha avó menina
lembro dela contar
que estudava em um internato
cheio de freiras
algumas más
outras nem tanto
onde ela aprendeu latim

etiqueta
e a tocar instrumento

minha avó cantava uma música
do amendoim
que era uma paródia da música
alecrim
alecrim dourado
na versão dela
era amendoim
amendoim
torrado
tenho vontade de
colocar essa música
na boca de alguém
para lembrar dela cantando

achei umas fotos que ganharam
cor
nessas começo a aparecer
bebezinha
conhecendo o mar pela primeira vez
uma série de fotos
da minha avó deitada
na beira
da onda
com o corpo de lado
sereia
salgada

rapazes jogam bola
ela no seu estado
de maresia
rindo

fico pensando no instante depois da foto
se ela se firmou na areia
ou se deixou de sorrir

corte

quatro crianças
foram perdidas
depois que saíram da barriga de minha avó
onze viveram e ralaram seus joelhos
nas terras fundas do mato
meu pai subiu em um carro e se machucou
no mesmo momento em que minha avó paria
outra cria
a parteira largou tudo para acudir
o sangue do menino
enquanto o sangue de minha vó
recobria a terra e o chão
ela esperou cuidar do menino
para depois cuidar de si
o feto esperava para chorar
ao sair do manto de sua pele
as crianças se sobrepunham umas às outras
e os olhos da mãe nunca
saíram dos pés do menino
e do fogo cozendo
para dar pela boca o ninho quente

minha avó passou quinze anos grávida

onze umbigos foram cortados
o mesmo tempo que eu levei
para descobrir que abaixo do meu umbigo
doía quando eu sangrava

a descoberta da unha primária

I

vó
como a senhora quebrou esse dedinho?
eu morava num sítio
minha irmãzinha estava
no alpendre cortando mandioca
com um facão foicinho de mandioca
Cê sabe o que é foicinho de mandioca?
é um facão assim ó
ela estava em um lugar mais alto
e eu apoiei a mão pra subir
e minha irmã sem querer meteu
o facão no meu dedo
eu tinha oito anos
nunca me esqueci
sangrou muito assim
e meu dedo ficou torto
faz mais de noventa anos que meu dedo é torto
minha filha

II

desde pequena
eu olhava as mãos de minha avó
mexendo na comida
arrumando o forro
tirando o farelo do pão da mesa
via seu dedo mindinho torto
e queria ter o dedo igual ao dela
toda vez que saía de sua casa
tentava dobrar a ponta do meu dedo
pra ver se ele entortava também

III

na ponta do dedo da minha avó
uma unha

igual a minha

chuva

um dia eu perguntei à minha avó
o que ela mais tinha medo no mundo
ela disse que era da chuva
quando criança a chuva quase levou a casa dela
a mãe dela
a irmã dela
ela

hoje estava chovendo na minha casa
e eu tinha machucado a sola dos meus pés
passei o dia sobre os calcanhares
circulando pela casa
com as janelas abertas
tomando
o tempo-de-cada-passo

entendi que uma mulher caminha
mesmo com feridas
nas solas
porque sabe que tem que caminhar

da chuva não tenho mais medo
feito minha avó

eu nado por ela
e pelas que ainda vão vir

BICHO DA TERRA NÃO AGUENTA MAR

ou tempo ou pedra

Não entendo sobre farpas e vulcões. O poeta vive sozinho a cavoucar com a boca a pele da unha. As nuvens estão escuras, falaram no jornal que a chuva vai vir para lavar as almas. Doentes. Achei no fio do seu casaco preto a palavra partir. No jantar das garças, enquanto bebia vinho argentino, escreveu que partir era recuperar o que é seu. Onde você está? A pia rachou o copo ao meio. A gota de sangue sumiu na água junto do verso "meu corpo voltou para um lugar que tinha ficado longe". Em castelhano, "*la lluvia y el llanto*" se parecem no começo. Chuva e pranto são águas que morrem quando chegam ao chão, todo mundo sempre suspeitou. Somente as crianças olham seus reflexos dentro das poças, respingam as lamas umas nas outras e não acreditam que chuva é sempre lágrima. Onde você guardou a coragem? Ontem mesmo o pai ficou com o menino sentado na janela a pensar que a vida rasga as noites sem lua. O pai deu ao menino o tempo. O menino não irá lembrar que coçou os olhos enquanto mexia a peça do tabuleiro. O grito do menino mudou. Seria bom lembrar todas as vezes que se coçam os olhos. Por que não quer mais falar dos desconhecidos, das rosas murchas da rua, dos velhos catando besouros no asfalto? Me escreveu pra dizer que as pessoas às vezes se encontram para se despedir. Adeus. Com amor. *Te quiero*. Não acredito na palavra amor quando aparece no fim de tudo. O mocinho não cala os cachorros. As crateras continuam abertas.

Na Lua a gravidade sufoca, você nunca me perdoou por eu não saber o que fazer com aquelas orquídeas. Deveria imaginar que os peregrinos vão atrás dos vaga-lumes. A mensagem que imita o som do fundo do mundo chegou ao ouvido da Rainha. Os tubarões e as espadas têm o instante de fincar o silêncio e sangrar. O Cristo está caído na cristaleira, rachado sem mexer os braços. As chaves se quebraram, *cariño*. A porta não vai se abrir. Daqui, quebrados, os tigres da floresta, os dentes das fadas, o pelo do tucano vermelho sentem o pó. Quando os cristais se rompem, viram pedra. Não se esqueça de tirar as roupas do varal antes de a chuva chegar.

do alto

vejo no varal
o amor preso à pinça
a prensa de dois dedos
que seguram uma pétala
ou o cheiro de uma rosa
o vento mexe
o sol faz brilhos
luzes
luzinhas fluorescentes
na superfície
lisa do tecido
esvoa
pessoas passam
recebem gotas
na cabeça
nos ombros
se limpam

ninguém nunca espera nada
que venha do alto

o amor

abismo

paixão e amor são a mesma coisa?

talvez estejam localizados na mesma geografia
do corpo nu

cegueira

acontece que amanhã
vou passar os poemas a limpo
os riscos na parede vão ser pintados de tinta
preciso salvar alguma coisa
daquela história de ontem
suspeito que você deva estar na esquina
onde um dia o senhor fechou os olhos
tomara que se lembre de respirar
a casa está uma bagunça
disseram que vai ser sempre assim
e você vai saber que passar a mão no cachorro
faz cair os pelos
lavei a almofada
o vizinho arrancou as flores do jardim de novo
uma gota caiu
pingou na parte rosa da minha mão
abriu um furo do tamanho de um espinho
você sabe que sobre flores não entendo
mas sinto

ninguém lê poemas
disseram que se morre primeiro nos olhos e na poesia

quando guardo os grampos no fundo da bolsa
alguma coisa quer durar no tempo
por que durar é melhor do que queimar?

esqueci a conta de luz
naquela tarde o lagarto arrastou a barriga no chão
e a escuridão fincou o dedo de alguém
me diz se vai passar na minha casa
para estender as roupas
e me dar um beijo na testa
venha depois do almoço
aguardo com um poema escrito à mão
toda memória que tenho um dia vai sumir
ainda bem que escrevi
"eu te amo, meu amor"
no espelho de batom
tem uma boca ao lado da letra "o"
está borrada
tem uma mancha de pasta de dente
suspeito que você não vai voltar a tempo de o corte cicatrizar
não acredito que você não viu o pássaro beber água
muito menos viu a fenda que abriu no meu corpo
nem tudo que existe você foi capaz de ver

manter os mistérios

falei pra não tirar a palavra coração
li naquele livro que o coração é o que nos resta
você disse que iria voltar
eu disse não volta
ainda estou fazendo a recomposição dos ossos que se romperam
enquanto isso as crianças continuam a gritar lá embaixo
as amoras engolidas pelos dentes de leite
o barro sujando as paredes brancas

não basta ter asas quando as penas caem

quando olhei no espelho me vi
é difícil se esquivar da própria face
tenta fechar os olhos até encontrar
o ponto exato em que o escuro te toma

poeiras e fumaças se esfarelam no asfalto
estou ótima
meio puta meio onça
Clarice alertou a manter os mistérios:

ninguém nunca saberá o que penso antes de dormir

limpeza

leve as sereias para nadar
coma uvas antes do almoço
colha frutas sem esbarrar nas estrelas
salve a lua do fim do mundo
sem poeira não se faz um corpo

você tem mesmo
chance de amar alguém
ainda que seja tarde para viver
seus sonhos

maré

eu tenho um mar dentro do peito
um mar rasgado
talvez pontilhado
costurado ou desfeito
meu mar é mamilo
movendo entre um respiro e outro
apanhando com as mãos conchas marinhas
ou pedras
        Azuis

quando mar
meu peito é nu
para quem não sabe nadar
e mesmo sem saber entra
e fura
as Ondas
sonoras do cardíaco

no arquipélago que se faz entre um seio e outro
há uma fenda
                Pequena
quase gota
que de tão funda

se parece com meus olhos quando dormem

meu mar é profundo
e dança à noite

bicho da terra não aguenta mar

bicho que se perde e aparece quando quer
esmago pela unha
antes da onda levar

fábula terrestre

teme que a vida irá passar
e que nada valerá se não tiver um amor
sua voz guarda um medo de dormir no vazio
de pensar que não é vida o que te iludiram um dia

talvez seja uma fábula terrestre

o amor não vai te bater à porta
não irá te bater aos ombros
deverá buscá-lo entre as conchas do mar
os versos na lua
os lábios na boca

corra para longe dos ruídos
que os outros fazem enquanto
se alimentam de promessas
o sufoco das suas mãos te impede
de tocar as vísceras dos dias

libera as pernas molhadas para correr
e fuja quando preciso for

noite

o amor é escuro
mas brilha

escuta

você se lembra do dia que entramos em uma casa
o homem a soprar um sax
o cachorro a roer a própria pele
e a gente girando girando em um pé só?

tudo o que hei de inventar sairá
de um canto do mundo
de uma luz chamuscada no lençol
de que modo se despede de uma flor?

vou precisar pedir aos lobos que andem devagar
não acompanho patas e asas
há pouco dancei no banho
você sentado no banquinho da praça
sorrindo para que eu me sentasse no seu colo
me fez lembrar das nove horas de hoje

só queria te pedir pra escutar a lua um pouco

homem água

Se um dia eu disser para não vir, é mentira. Estarei na cama catando fios soltos, me esfregando em restos de asa, ouvindo o motor dos ossos estalarem. Só mesmo você para montar aquela mesinha com argila, tintas e pincéis, falar alto de dentro do quarto — rouco — uns movimentos femininos para as pernas. Ainda bem que a burguesia se despediu da areia. Não se pode sentar. Não se senta na morte do outro, você já disse isso de algum jeito. Fiz com a argila um boneco que segura a cabeça. Onde segura o destino? Se eu disser para você não vir, é mentira. Estarei de rainha de manto azul, segurando a luz nos dedos, fechando os olhos para não queimar. Você trará um pão, eu falarei para procurar palavras nos quadros da sua filha que rasga desenhos, mas nunca o amor. O amor não rasga, some dentro do corpo. Acho que poderíamos tatuar uma cobra no braço. Nosso filme um dia ficará pronto. O chá já esquentou e eu espero você assobiar na janela. Tenho espaço para sua bicicleta. Gosto dos seus pés e do jeito que faz abobrinhas.

sopros

não te digo aquelas verdades que você já sabe
nunca soube jogar com a palavra amor
meu corpo aprendeu a falar antes da boca
boca essa coisa entre dentes
me encaixo entre a nuca e o resto
acordo em volta do cabelo que sempre sai do lugar
fico louca com a covinha que forma em cima do seu nariz

tem dia que amo certo
tem dia que amo errado
tem dia que não amo nem minhas unhas pintadas de vermelho

naquele sonho que nunca contei
faço mimo nos lábios
arrasto o nariz pra perto
e espero que a noite nunca termine
ela termina, ela sempre termina
não me defendo
te deixo me amar
sem mapa
sem fuga
bonito é você

eu também
a gente junto

você fica um charme quando mexe o ombro
e toca meu ouvido com esses sopros

o que eu gosto

você gosta do meu tesão pelo mundo
eu do jeito como você coloca sal na comida
você da minha mecha
eu do bando de plantas que tem na sua casa
você do meu anel do pé
eu da sua bunda na minha cama
do seu pau e da sua língua e da minha língua
no seu pau e sua língua na minha
gosto da sua língua em qualquer palavra feminina
referente ao meu corpo
boca buceta língua dobra
caralho a maior
parte das palavras do nosso corpo são masculinas
gosto da sua língua em qualquer palavra masculina
referente ao meu corpo
queixo joelho cu umbigo sovaco
seio seio
seio é duas vezes

gosto quando você confere
se o vermelho nas minhas costas é uma mordida sua
não é
aí você me morde

enquanto a gente procura tucanos nas árvores
fiz pão de queijo de cebola você fez a cama
me deu um beijo na porta com uma meia de abacaxi
disse que era sua preferida
eu disse que a minha também
agora estou até com medo de você colocar
ela para lavar porque existe um buraco negro das meias
não sei se você sabe
dentro das máquinas de lavar
as meias às vezes somem
às vezes aparecem
mas normalmente somem
suspeito que é o sabão em pó
cuide quando for colocar
sabão nas suas meias
tá bem?

fiquei com vontade de sair só de meia com você na rua
quando digo só é só mesmo
eu com seios à mostra e uma meia
preta com rosa e lagartixas verdes
você com a do abacaxi
e os pelos da sua barriga
e a gente
vasculhando o mundo com meias
no chão
podemos ir pro Carnaval assim também
daí você pode colocar peruca
e eu coloco

uma tatuagem que desbota
no meu mamilo esquerdo
e uma pétala de jasmim
no direito
aí lá a gente se lambe
claro

ontem antes de dormir
eu vi um vídeo de pessoas brincando na neve
fiquei com vontade de te mandar uma mensagem
bora entrar nesse vídeo amanhã por volta
das três da tarde
aí você diria que sim
a gente se encontraria na lagoa
e entraríamos no vídeo
eu de bicicleta
porque você gosta de me ver
de bicicleta
e você na sua
teríamos que ter cuidado
para não nos derrubarem
como acontece com o cara do vídeo
que leva um monte de bola de neve
na cara
e cai
e ri
e se diverte
talvez não devamos nos preocupar

quando acabasse a brincadeira a gente voltaria
para casa normalmente
com roupas trocadas
com fome
e comeríamos
um pastel ou um açaí
e tomaríamos um chopp
e depois entraríamos no mar
gosto quando você entra no mar
e sua barba fica molhada
preciso mesmo aprender a furar onda
e não sair correndo
da bordinha
feito um bicho com
medo de gente
e de tudo

*

há borboletas nuas no meu estômago

reflexo

andar pelas paredes
tocando o sol
que entra na janela
caminhando entre a mata e a pedra
salga o pé com gesso seco
pula as linhas
cuida para não pisar nas palavras
desce ao invés de subir
lenta
quarando em um varal
espremido na porta
a colcha limpa
que usará no amor

corte no tempo

Estou com cócegas
no céu da boca
relando a língua até passar o aço
Se você pensa que nunca
terei pernas suficientes
para caminhar
te lasco um beijo na nuca
Todo dia estou
disponível a um palmo do universo
Aquelas estrelas no teto do quarto
zunindo zunindo
e o vento lá fora ainda te incomoda
Se eu vier de manhã dizendo
que ninguém nunca me amou
me lembre daquela tarde que corri até o lago
e molhei os pés

Eu existo toda vez que meu coração acelera

Você sabe
não quero mais
me deixar aberta
esperando que

o cristal do seu olho
cumpra a realeza
do tempo
Pare de mexer a boca enquanto
as sereias nadam no mar
Elas vão fundo
como você gosta
Em todo caso
meus passos
são poços de água
molhando o azulejo da sala

Você entende que as
crianças veem dragões embaixo da cama
quando não querem dormir cedo?

Não perca o relógio
que desenhou no pulso

Hoje o tempo tentará me comer
e estarei esperando com uma espada e um algodão na mão

passado

tem amores que arrebentam
tiram a pele

mas passam

prece bem-dita

os bichos cantam após a chuva
deito para não fazer do corpo um prédio caído
o amor é uma espécie de grama no asfalto
lamber o vermelho do morango
entupir um horizonte de água
quem sabe um dia o homem
saberá pronunciá-lo
com a boca limpa e os dentes sem corte

faríamos do amor um fato
se tirássemos as papilas gustativas
que detectam o amargo das coisas

mamas

vejo meus peitos de cima
acho bonitas essas mamas que um dia serão de um bebê

por ora só amortecem os desejos
de um sujeito que circula meus mamilos
com a cabeça virada para o próprio umbigo

secreto

promessas
tesouros
perdidos
caíram do bolso
e ninguém pegou
tenho inveja das formigas
há um moço no chão
no meio da ciclovia
as pessoas pulam

o mundo não está diferente
só está mais lento
quero te dar um beijo
mas esqueci de escovar meus mistérios

as pessoas moram juntas e seguram suas peles para não soltar
ainda penso em como sair de casa sem matar formigas
o chaveiro continua abrindo portas secretas

secretas são as vozes que ecoam quando os corações se rompem

fim

como ainda desejar correr
quando se sabe que o fim começa nos pés?

buraco

queria ter guardado o poema que rasguei
falando da sua mão nas minhas costas
joguei os papéis em algum lugar onde não batia vento
o tamanho da semente
que você plantou no meu umbigo
é tão pequena quanto o prego vazio do galpão
aquele velho do bar falou
que você acorda cedo para
acenar para a moça que penteia o cabelo para frente
juro que te darei a palavra bolha
para coçar os olhos
se arder
pode tirar com a lágrima o gosto da espuma

só quem me olha fundo
é um cachorro que coça o pescoço
com a unha e depois cheira o rabo

levei o mesmo tempo
da árvore que cortaram os pés
para tirar os cabelos da garganta
o céu caiu no parapeito da janela

e eu caí no tapete em frente à porta
            me esqueci de pisar onde estou

sei mesmo que o mundo se desloca
toda vez em que um caminhão joga as formigas no buraco

selva de pele

entendi
que você tem
uma pluma no meio dos dentes
se me deixarem sozinha
transformo minha casa num ateliê
nele me escondo
feito um olho
que cata pedrinhas embaixo da mesa

sinto que os corações
não fazem mais linhas entre o umbigo e o pescoço
lembre de coçar o canto da unha antes de dormir
o pijama verde
tem o cheiro de gerânio de anteontem

cadê sua pele?

não desista de mim
eu que ainda nem nasci para o restante do mundo
choveu já faz tempo
por vezes me levanto da cama sem saber se
meu dia será diferente

nada nunca muda entre o mamilo e a selva

ainda

não demora eu vou-me
embora
no
arranho
de um homem pó
tossir berros
a todo mar
mover riscos n'areia
a querer olhar nos olhos
de alguém que existe e sopra

me arrancaram o canto da mandíbula
mas ainda mordo o que desejo

gravidade

me sinto tantas vezes tão longe
gostaria de poder te tocar
você lembra daquelas ladeiras
cheias de cores
rios correndo nos paralelepípedos
eu a encontrar corações
você a se perder em um som

não posso esquecer os ovos no fogo
você não estará mais para me lembrar

queimar é sempre algo que não se espera
li nos fragmentos
pequenas solidões
caídas
a palavra "só"
                em si cabe um abismo

vagueiam pela noite os latidos dos cães
me lembro da nossa cachorra que se foi
saudade do corpo quente dela
do pelo que deita uma mão

qual sua lua hoje?

antes de dizer o que pensa
olhe no espelho e diga tudo ali
olhando seus próprios olhos
qual parte toca o céu?

eu estou bem
comi sopa de noite
aprendi a mexer com dinheiro
e dormi o sono todo olhando um violão que não sei tocar

eu estou bem
não se preocupe em querer vir
eu estou bem
mesmo

só um rasgo na pele
sem gravidade

*

onde começa o amor?

onde termina?

ANTES DE MORRER UM POEMA

obra

se eu pudesse quebrar os poemas
dar aos poemas formas pequenas
grandes
embrulhos pedregulhos
fazer dos poemas um prédio
uma parede
um biombo
uma estante
colocar os poemas
dentro de uma caixa
em cima da mesa
se os poemas pudessem
ser estrondos
rochas cabides
cadeiras
se eu pudesse
rachar os poemas
andar com eles tortos
estilhaçados dentro do bolso
amontoados na esquina
fazer dos poemas casa
calçada
se eu pudesse fazer dos poemas

dentes
poemas pedras
enfileiradas
se eu pudesse
fechar as portas
para não ouvir os poemas
se quebrando
colocar os poemas nos sonhos
abri-los ao meio
quebrar os poemas
e dar aos pobres aos ricos
ao circo às putas às estrelas

se eu pudesse daria as quebras
dos meus poemas

às seis

às seis da manhã é
a hora em que o cachorro late
o homem de pijama caminha pela casa
ainda de olhos miúdos a caçar
um cigarro entre as xícaras

às seis da manhã é a hora em que
o galho de uma árvore cai sobre o asfalto
as formigas supostamente de noite virada
continuam a fazer o que sempre fazem
carregam restos de vegetais e animais
sobre as patas

às seis da manhã é a hora em que
alguns seres se levantam
o silêncio do universo
se rompe
os pássaros
sobrevoam os paralelepípedos
os carros ainda não calam as asas

às seis da manhã é a hora
do gozo da mulher

vozes sintonizam
a frequência das cigarras
o ouvido vai até o infinito
e depois escurece

às seis da manhã é a hora
em que o corpo volta da lona
o sol entra
na janela um ruído seco espoca
espuma
espirra na cama
os olhos ardem

às seis da manhã é a hora
em que o Leopardo acorda
na selva
os padres abrem as portas da igreja
e os homens dizem Amém
ao tempo

VOO

ninguém sabe nada sobre o dia
em que o mundo colocou penas nos pássaros

manhã de 4 de fevereiro

ontem foi um dia comum
nenhum hipopótamo me fez chorar
nem girafas sobrevoaram minha cabeça
a parte mais excitante do dia foi
quando consegui desembaraçar um nó do cabelo
ouvindo "dance with myself"
vindo da rádio do vizinho
o vizinho só escuta música em inglês
também bate um objeto sobre a pia
como se quisesse se desfazer
de uma sujeira sem molhar as mãos

ontem
enquanto o mundo passava por uma falta de ar súbita
me peguei pensando que as pessoas
carregam palavras feridas dentro do bolso
sobre as sobrancelhas
e no fundo das gavetas

o sangue quer explodir e chora

tinha uma fila no supermercado
eu só queria comprar um absorvente

ainda não me adaptei a outras formas de conter o fluxo
peguei também abobrinha
água de coco e água mineral
os ares estão raivosos
as pessoas pensam que o amor está escasso
e talvez esteja mesmo
uma gripe quer me pegar
vou tomar vitamina C
cúrcuma
gengibre e limão
quisera eu que o corpo tivesse todo o mesmo tempo
se minhas costas não melhorarem
terei que continuar na cama
e seja o que Deus quiser

nessas horas é preciso andar às cegas e não se distrair

fome

comecei a escrever no amparo de uma cicatriz
é imensa a porta que alguém
abriu no meio do esterno
sutiã
pégaso
prateleira
perfume
suado
camisa
rasgada
umbigo
derrama
lambe
a borda da costura inteira de um coração

me deu vontade de abrir caminhos
até o lápis perder a casca

preciso ler mais poemas pela manhã
eles me dão fome

peito

já andei pela casa
só de calcinha sutiã
e umas tranças no cabelo
cinco cadernos estão na mesa
outros cinco estão na cama
passei a tarde escrevendo
a palavra veia
em cima das veias da perna

fico ansiosa para ver a lua crescente
c r e s c e r
meu corpo está pedindo
movimento
dentro e fora
dentro e fora

dancei com a música que criei nos pés

gosto de escrever poemas
é o que eu mais gosto de escrever
não acho que sirvo para criar histórias fantásticas
de bichos

e seres no espaço
só crio aquilo que meu corpo sente

tudo em mim passa
entre essas três pintas que tenho no peito

saída

um feto rasgado ao meio em cima da mesa
uma revista velha e sem cor
o som de um grilo ao fim da tarde
a noite terá nuvens
palavra nenhuma me ajudará a limpar as unhas
eu estava tentando escrever alguma coisa
a letra "i" começou a falhar

faz dias que não escrevo
um mês ou dois talvez
fico circulando
corroendo as palavras enquanto digo a todos
escrevam
façam enquanto eu não consigo
enquanto de mim não sai uma agulha
não sai linha
nem verso
não sai nada

junto tudo no emaranhado da boca
fazendo um bico roendo dentes
não me contento com coisa pouca que não me alisa

mas escrevo essas coisas
que começam com feto rasgado

sempre acho
que algumas dores
não tomam corpo
sublimam
saem feito lixo
e se alojam num vão qualquer

descoberta

gosto da palavra unha

sem tempo para escrever

tenho quinze minutos para escrever
de certo não irei conseguir
nem com algo a dizer
nem chovendo
nem com o corpo todo feito de amor

ontem eu vivi um poema entre as pernas
sua energia
está circulando
no meio do meu esterno
tinha o corpo
do poema sobre mim
de olhos fechados sem me olhar
me beijando a boca
e tocando
o dentro fundo
do centro

se passaram dois minutos
o poema devia se calar
se apresentar sem cerimônia
anunciando o final

as histórias ao certo
terminam assim que começam
mesmo que ninguém saiba
meu tempo está se esgotando
não devia ter começado o que já havia tempo de acabar
vou fazer como Clarice
que aos sete anos criou uma história
que não acabava nunca
quero me acabar
nos inícios
meus poemas
pernas
querem se esquivar do fim

o tempo se rompeu
o poema está pela metade
vem aqui mais tarde
a gente toma um vinho
te mostro os vídeos
e a gente começa de novo

às vezes podemos apagar o início

chegar

outro dia me contaram
que o mundo tem uma tendência para o fim
mesmo quando você ainda
tem todas suas coisas pra fazer
o fim dos tempos não irá parar para ouvir suas lamúrias
escrever é estado de falência
morrer
sair cuspe sujeira pedra espinho agulha
poeta não fala de amor por si
não sabe colocar palco para o próprio umbigo
o talher cai na pia

será que os pássaros também caem ou só pousam?

queria ir à praia
as ondas foram criadas para lamber as conchas
olha essa criança vai se afogar
alguém tira essa menina da onda
ainda bem que ninguém me tirou da onda
quando pensei que ia morrer

é tempo de esmo
a palavra esmo me dá um estado de rede nas costas
vivo com essa pressa de nunca chegar

pelo menos a palavra chegar carrega um alívio dentro

*

poesia
é acontecer no mundo

de hoje em diante

de hoje em diante não colocarei mais bandeira
de alto risco nas praias desertas
nem molharei os pés
em mares revoltos
carregarei o céu nas costas
acordarei às seis da manhã
andarei entre as ruas descobertas
que ainda que esburacadas
têm flores no asfalto
cumprimentarei qualquer indivíduo terrestre
de homens a lagartas
direi algo sobre o tempo
algo do calor
do vento
talvez eu diga
algo que os faça sorrir

de hoje em diante darei a chance de os olhos se levantarem
passarei a mão no cachorro
perguntarei do que ele tem medo
se ele me morder irei gritar
me jogarei contra a calçada

alguém irá me salvar
eu darei a chance de alguém me salvar

de hoje em diante
tirarei do bolso isqueiros para acender velas
incensos e alecrins
sentarei de joelhos abaixo do céu
amaciarei minha boca com a língua
ficarei de frente ao fogão
esperando o fogo queimar
tirarei os nós do cabelo
as dores
o cheiro de fumaça
jogarei tudo no fogo

de hoje em diante andarei com uma bússola
pendurada no pescoço
feita de metal e cobres nobres
dada por uma criança de cabelos negros
que me dirá o tempo exato do norte e das formigas

de hoje em diante
quebrarei as tardes
ao meio
caminharei à margem do mar
e salvarei um peixe de se afogar
na solidão

sedução

me debruço o suficiente para me manter apaixonada
se não me acaricia
não me deixa de pernas abertas
eu saio fora
seduzo a palavra
e ela me seduz
é uma troca inegociável
se ela está murcha
meio não querendo
saio fora
o mesmo ela faz comigo
penso até que ela é menos delicada que eu

se estou pela metade
meio qualquer coisa
ela me abandona
molhada
quase indo
e me obriga
a me atracar
com meu próprio corpo
que também escreve
e nunca me deixa só

não escritos

tenho mais textos que nunca escrevi
do que os que vi nascer
causo abortos todos os dias
fico remoendo aquele ser que não nasceu
que cheguei a imaginar os contornos
os traços
os passos
mas eu aborto
como ajudarei a criar?
dar os primeiros cuidados?

quando não aborto me dói menos
olho aquilo que saiu enlameado
ainda com o brilho dos líquidos
é estranho
não reconheço
de repente não estou mais só
não sei o que fazer com aquilo
já está pronto?
cuido
deixo muito protegido
quentinho
quietinho

junto d'outros
para não ficar só
não os deixo sós
isso não faço
às vezes os esqueço
mas não por completo
há partes largadas
pelos papéis
toalhas
vidros
acho pedaços debaixo do sofá
às vezes
deixo lá
é escuro
mas protegido

quando ouso cumprir o estado de querer
tenho picos de lucidez e loucura
uma loucura branda
silenciosa
há de se saber que a loucura por vezes é silenciosa
a lucidez me camufla na fila do supermercado
quando escolho o abacate
que insisto em dizer que nunca está maduro
também me sinto lúcida quando passo creme para evitar as rugas
a lucidez não te engana do fim

tem coisas que não poderei dizer
sempre terão coisas que não poderei dizer
nem a você nem a ninguém

pois só se diz aquilo que se sabe
o que a gente não sabe a gente germina
e mastiga todas as manhãs
enquanto lava louça
e coça os olhos com as mãos limpas

estudos para um poema

esqueci de medir se a formiga
sobrevive à gota da chuva

cair

quando tudo treme
diante de uma molécula
finco o pé no chão
minha pele nunca se desloca
tudo me cobre as instâncias
fico rude de ter uma língua afiada
jogo as mordaças pela janela
e a palavra me deixa

oca
quando cai

abajur de 15 de maio

não consegui ler poemas antes de dormir
peguei no sono antes de cobrir as pernas
é assim
os olhos sempre escolhem onde irão se firmar
provavelmente uma boa forma
de reconhecer as pessoas
é sabendo onde elas decidem colocar os olhos

nunca saberemos quantos segundos do dia
permanecemos na completa escuridão
sempre me pego pensando no que aconteceria
se todas as pessoas do mundo
escolhessem piscar os olhos ao mesmo tempo
decerto nada mudaria
e o céu continuaria a existir

já tentei contar quantas vezes
meus olhos piscam ao longo do dia
me lembrei das crianças
contando os degraus da escada
ou pulando dentro
dos quadradinhos para não pisar na linha
parece ser uma forma inteligente

de não perder os segundos

pisquei quinze vezes em um minuto
pensava que seria um número mais exagerado
algo assustador tipo
"ó, meu Deus, pisco dois mil quinhentos e sete vezes por segundo"
terei que aceitar que piscar quinze vezes
é suficiente para lubrificar os olhos

liguei o abajur pela manhã
para procurar os poemas da noite anterior
surgiu a frase
"pessoas sensíveis não são capazes de matar galinhas
mas são capazes de comer galinhas"
agora não faço a menor ideia
do que fazer com esse verso

passarei na rua categorizando
quem mata galinha e quem apenas come

*

janela é uma palavra aberta

cortina

por que você apagou todos seus poemas?
queria perguntar àquela poeta portuguesa
creio que os pássaros não cansam de voar
e nem pensam no instante final do voo
se eles pensassem que a distância teria fim algum dia
nem se dariam o trabalho de abrir as asas

qual o tamanho de algo pra caber na alma de alguém?

meu corpo anda querendo um sono que desconheço
estou em frente ao espelho
meus olhos caídos desde sempre
piscam em um compasso mais quieto que o normal
não sei ao certo seu compasso anterior
tenho uns fiozinhos que saem da linha da sobrancelha
por que um dia nos disseram
que alguns fios deveriam morrer e outros viver?
agora fico tirando com a pinça
aquilo que acredito estar fora do lugar
acredito também estar fora do lugar
aquela nuvem
aquele beijo
aquela moça que corre sem medo

meus olhos estão vivos todavia
mais vivos do que em qualquer tempo
são os mesmos olhos
que montavam nuvens nas viagens de carro em família

nascer numa cidade
no meio do mundo
te leva a vagar mais pelas estradas
dois irmãos
eu caçula
me restava a penitência de sentar no meio
aquilo me irritava
não só por não ter onde largar minha cabeça
quando quisesse dormir
mas por me deixar mais distante do céu
me conformava
por ainda não saber
que podia muito mais do que um dia já me disseram
meu corpo perdia o jeito
eu curvava o pescoço na janela
e com os olhos de menina
que ainda tem tempo para o mundo
vivia mais perto do horizonte

meu pai batucava os dedos em cima do volante
acompanhando um samba que tocava no CD
eu pedia para colocar o samba da Sereia
e cantava feito Iara que ainda não sabia dos males da voz
às vezes todos dormiam no carro

e só restavam eu e meu pai
ele dirigia com a música nos dedos
e eu olhava aquela estrada sem fim
ficávamos ali em silêncio naquele indo

um besouro verde pousou na minha cortina
na cortina que meu pai me deu antes
de o planeta parar suas pernas e máquinas
ele ficou feliz de pendurar a cortina
na minha casa nova e me disse
"agora você tem um lar"

era verdinho o bichano
nunca vi daquele jeito
começou a voar
fazendo um barulho que me incomodava
"não gosto desse barulho que você faz!"
disse feito mulher que sabe o que merece

por que alguns voos são em silêncio e outros tão barulhentos?

ele rodou o quarto
e pousou de novo na minha cortina
peguei Frida Kahlo na estante
um apoiador de copo com a cara dela
era verde que nem o besouro
ele subiu como quem se ancora em um trampolim
e ficou ali sem tremer e chiar

quando descobriu a janela
se foi

queria mesmo saber da poeta
perguntar a ela
por que os besouros fazem barulho ao voar
e por que o silêncio é sempre o céu onde pousam os poemas

perguntas à lua nova

como saber que o dia é realmente esse?
como guardar na barriga os beijos de minha mãe?
como sair de casa sem matar uma formiga?
como ficar na ponta dos pés sem tocar o mindinho?
como dormir e sonhar com o que quiser?
como gritar sem espremer os olhos?
como tocar a pele do coração?
como me livrar dos barulhos dos insetos?
como tirar o medo da minha lombar?
como me manter molhada e úmida?
como me manter seca e firme?
como me surpreender com meu próprio rosto?
como escrever no ritmo dos meus órgãos?

eu sou poeta

dizem que se chamar de poeta
é uma arrogância
um desejo imaculado
uma tentativa de se isentar da finitude
mas se me tiram a poesia me sobra o quê?
se eu não posso dizer que sou poeta
me sobra o quê?
eu sou poeta, não poetisa
Poeta

não porque escrevo
não porque durmo e acordo em palavras
rompo roço roo palavras, não
Eu sou poeta
porque não vivo sem poesia poemas pedras
sem isso não vivo
se me tiram
fico no osso no rasgo no talo
e aí me sobra o quê?
me sobra o corpo
mas o corpo é poema
poema é corpo
Corpo. Poeta. Corpo.

escute
eu sou poeta e isso em nada me tira o amargo da boca
em nada me ajuda a subir escadas
a estar no palco
a ser maior que um besouro
tem vezes que é humilhante
me arrasto para alcançar
embaixo do sofá palavras desfeitas
sentimentos infiltrados
um cabelo
uma gota de saliva
o resto de ontem
procuro o ar entre a fenda da porta
a rachadura da parede
o rasgo da roupa
O ar. Procuro. Poeta procura o ar.

Eu sou poeta
porque vivo
porque sinto
porque sou feita de pele
dentro e fora
sou toda pele
gosto de pele
sou poeta porque gosto de pele
de cheiro
de gozo
poeta é gozo

poeta geme de gozo e de dor entre as paredes do quarto

■ primeira edição
■ abril de 2023